Un petit coup de main amical

I0557388

Original story:
Jennifer Degenhardt

Translation & adaptation:
Françoise Piron

Edited:
Nicole Piron

Cover art: L-Moment

Copyright © 2022 Jennifer Degenhardt
(Puentes)
All rights reserved.
ISBN: 978-1-956594-22-5

Life is not about who you once were, but who you are now.

TABLE DES MATIÈRES

REMERCIEMENTS

I am so happy to have this story available for you in French. It is translated and adapted thanks to the awesome Piron crew!

Françoise "Swaz" Piron has done editing work for me on most of my French stories. This is her first time adapting one of my stories for French learners. I look forward to this being only the first, as this story has been so well adapted for French. Hope you enjoy it as much as I do. *Merci beaucoup, Swaz !*

Nicole Piron has taken part in many editing projects with her daughter, Françoise – mostly when Swaz wants to check with another expert. Fortunately for all of us, the Piron team was able to work on editing this story collectively. And not only am I so happy that it has been reviewed so many times, but I am also delighted that it brought mother and daughter together for the project. *Merci !*

L-Moment is the artist behind the beautiful image on the cover. Often, artists are only given only a summary of the story from which they create the art you see. L-Moment captured the essence of the story so well with such a brief description. It was her first submission for me, but definitely not her last!

i

Prologue
Nicolas

« À moi ! »

« Passe-moi la balle ! »

« Vas-y, cours.   COURS ! Attention au défenseur ! »

J'entends les cris des jeunes sur le terrain. Et j'entends aussi les cris des pères et des mères au bord du terrain[1] :

« Cours, Sylvain ! »

« Passe la balle ! »

« Regarde Malik ! » « Allez Blainville ! »

C'est un excellent match. J'adore venir ici et regarder mon fils jouer.

---

[1] au bord du terrain: on the sideline.

BLAIN-VILLE, BLAIN-VILLE, ALLEZ BLAINVILLE !

« Vas-y Malik, marque un but ! » Je crie à mon fils.

Mon garçon sait courir. Il est si rapide ! Et il sait contrôler le ballon. Il le garde très près de ses pieds. Il se met à courir de l'autre côté du terrain. Il veut mettre le ballon dans le filet, une fois de plus, après avoir déjà marqué deux buts aujourd'hui. Il court. Il regarde son coéquipier Kai et veut lui passer la balle, mais un joueur de l'autre équipe bloque la passe.

Ouah !

« Pas de soucis, c'était une bonne idée », dit un des parents.

« Allez-y ! » dit un autre.

« T'inquiète, t'auras d'autres occasions ! »

Les parents discutent. Ils parlent de leurs enfants et de l'équipe. L'équipe est phénoménale. Les joueurs sont excellents, mais ils comprennent aussi vraiment bien le jeu.

Quand l'équipe gagne, ça me rend heureux, bien sûr. Et quand mon fils joue bien, ça me rend aussi heureux. Mais à vrai dire, ce que je préfère c'est simplement avoir l'occasion de voir mon garçon participer à un sport que j'adore.

Oui, j'ai aussi joué quand j'avais son âge, mais je n'avais pas le talent ou la motivation de Malik. Mon fils est un joueur incroyable.

« Vas-y, Malik ! Cours au but ! Marque ! »

À 13 ans, il n'a pas le contrôle parfait de son corps, et quelquefois, il court plus vite que ses jambes le lui permettent.

Mais il court.

Tout le monde est enthousiaste. Malik est seul de l'autre côté du terrain, avec un défenseur qui ne réalise pas ce qui se passe.

Malik court vite, le ballon à ses pieds, et il se prépare à tirer au but. Soudain, il tombe.

L'action s'arrête, du moins c'est ce qui semble arriver. Je le vois tomber en avant au ralenti [2]; mais sa chute est brutale.

Je vois ce qui arrive très clairement et je crie « Oh, NOOOOOOOOON ! »

L'action – toute l'action – s'arrête immédiatement quand Malik, qui court à vive allure, se heurte au poteau de but[3].

PAF !

Et puis c'est le silence.
Rien ne bouge.
Personne ne bouge.
Malik ne bouge pas.

Normalement, j'attendrais le coach, mais je sais. Je sais que cette situation est extrêmement grave, alors je cours sur le

------

[2] au ralenti : in slow motion.
[3] poteau de but : goal post.

terrain, vers mon fils. J'arrive au moment où le coach appelle l'ambulance.

Chapitre 1
Malik

Je veux…je veux mettre…je veux mettre mon tee-shirt préféré…

Il est dans l'armoire, mais je peux pas… J'essaye de le prendre, mais je peux pas.

Zut ! J'arrive toujours pas à atteindre[4] le tee-shirt dans mon armoire.

« Maman ! Aide-moi ! »

Je dis pas « s'il te plait » quand je demande de l'aide. Je suis fâché. Je suis fâché et je veux mon ancienne vie. Avant, j'avais… c'est pas important parce que maintenant, j'ai plus ce que j'avais. J'ai plus de jambes. Enfin, j'ai des

---

[4] atteindre : to reach.

jambes, mais elles marchent plus. À cause de ça, je suis dans un fauteuil roulant.[5]

Je déteste ça.

Je déteste beaucoup de trucs[6] dans ma vie maintenant.

Ma mère entre dans ma chambre. C'est une nouvelle chambre, parce qu'on habite dans un nouvel appartement. Avant, on habitait à Blainville, mais maintenant on habite à Montréal. Cet appartement est au rez-de-chaussée, donc c'est plus facile avec un fauteuil roulant.

Stupide fauteuil roulant.

Ma mère me demande : « Malik, qu'est-ce que je peux faire pour toi ?

—Je veux mon tee-shirt du FC Blainville. Mais j'arrive pas ...

---

[5] fauteuil roulant : wheelchair.
[6] trucs : things (slang).

—Pas de problème mon chéri. Je vais t'aider. J'arrive ! Tu te réjouis de ton premier jour dans ta nouvelle école ? »

Est-ce que je me réjouis ? De l'école ? Une nouvelle école ? Où je vais pas pouvoir voir mes copains que j'ai depuis des années ? Est-ce que je me réjouis ? Euh, NON.

« Oui, maman. Je me réjouis de recommencer ma vie à l'âge de quatorze ans, » je lui dis ironiquement. « T'inquiète, Malik. Ça va être une bonne expérience. Voilà ton tee-shirt.

—Comment tu sais que ça va être une bonne expérience ? »

Je veux une réponse à ma question, mais ma mère quitte ma chambre.

Je mets mon tee-shirt et je me regarde dans la glace.[7] J'aime pas ce que je vois. Avant, j'étais heureux. Je jouais au foot. J'étais un excellent joueur.

---

[7] glace : mirror.

Et maintenant… je suis rien. Tout ce que je suis, c'est fâché.

*****

Avec mon fauteuil roulant, je vais jusqu'à la porte principale de ma nouvelle école, l'École Joseph-Charbonneau. Avant…

« Avant » n'a pas d'importance. Maintenant c'est différent. J'arrive à la porte après un petit échange avec ma mère.

Ma mère me demande: « Malik, tu veux que j'y aille avec toi ?

—Non, maman, il faut que j'y aille seul. À tout à l'heure.

—Bonne chance, appelle-moi si tu as besoin de quelque chose. »

Je descends de la camionnette que ma famille a achetée récemment ; c'est une camionnette adaptée pour les fauteuils roulants.

Y'a pas grand monde devant l'école. Est-ce que je suis en retard ?

9

Je monte la rampe et m'approche de la porte.

« Aïe ! » je dis.

La porte est si lourde que je peux pas l'ouvrir.

« Zut ! Pourquoi est-ce que tout est si difficile pour moi ? »

À ce moment-là, la porte s'ouvre. Il y a un autre élève derrière moi, qui évidemment est en retard.

« Je vais t'aider, » dit-il. Il ouvre la porte et me laisse passer. Il m'aide pas avec le fauteuil roulant, il me tient juste la porte.

—Merci. Merci pour ton aide.

—De rien. Faut que je file. Je suis en retard pour mon premier cours.

—Salut.

—Ouais, merci. »

Intéressant. Le gars a pas mentionné mon fauteuil roulant. Et il m'a aidé.

Je roule vers le bureau pour demander ce que je suis censé faire.

Le directeur se présente et me présente aussi le conseiller aux études. Ils me disent tous les deux bonjour.

Ni l'un ni l'autre ne mentionne mon fauteuil roulant.

Le directeur dit « Malik, encore une fois, bienvenue à Joseph-Charbonneau. C'est une excellente école. Si tu as besoin d'aide, tout le monde est là pour toi. O.K. ?

—Oui monsieur. Merci.

—Monsieur Nadeau va t'accompagner à ton premier cours – et seulement parce que tu ne connais pas l'école ; on sait que tu es très intelligent. La directrice de ton école précédente m'a téléphoné. Elle m'a dit que tu es un excellent élève et un sportif fantastique. »

Je l'étais. J'étais un sportif phénoménal. Mais je dis rien au directeur.

« Merci monsieur. Merci pour votre aide. »

Je vais à mon premier cours. M. Nadeau m'accompagne. Il me dit plein de choses sur l'école.

« Tu vas beaucoup aimer notre école, Malik. Les élèves sont super. »

Je réponds rien. Et s'ils sont tous sportifs ? Qu'est-ce que je vais faire ? Je ne suis plus sportif.

« Voilà la salle de ton premier cours : c'est le cours d'histoire. »

Le conseiller frappe à la porte et il l'ouvre pour parler avec la prof.

« Mme Bouchard, excusez-moi. Je veux vous présenter un nouvel élève, Malik Sarr. »

Je regarde autour de moi. Il y a que des nouveaux visages[8]. J'attends que quelqu'un fasse un commentaire horrible sur mon fauteuil roulant, mais personne ne dit rien. À ce moment-là, je vois le garçon qui m'a tenu la porte. Je souris, mais juste un peu.

« Bonjour tout le monde. Je m'appelle Malik. »

---

[8] visages : faces.

Chapitre 2
Joseph

Je suis à la maison, dans mon bureau, quand mon fils Antoine arrive de l'école.

« Hé, papa. Je vais en bas pour jouer à Fortnite. Je ferai mes devoirs après. »

—Oh, non, non, non. Tu connais les règles : tu fais tes devoirs d'abord, puis tu joues à des jeux vidéo. En plus, on doit partir dans quelques minutes, alors faut que tu manges quelque chose ».

—Mais papa ! Pourquoi on part si tôt ? Mon cours est pas avant six heures et demie.

—Non, mais il faut que je donne une leçon de guitare avant ça. Et comme ta mère peut pas t'amener[9], il faut que tu viennes avec moi.

---

[9] amener : bring.

—Mais papa ! Faut que ...

—Antoine, pas de discussion. On part dans quelques minutes, et je ne veux pas que tu ailles en bas pour jouer à des jeux vidéo. Vas-y juste pour chercher ta guitare. »

Mon dieu ! C'est pas facile d'avoir un garçon de 13 ans. Certains jours sont vraiment difficiles. Tous les ados croient qu'ils savent tout. Absolument TOUT.

Jouer à des jeux vidéo avant de faire ses devoirs, vraiment ? Et être impertinent avec son père ?

Dieu tout puissant, donnez-moi la force. Ha ha ! Sérieusement, Antoine est un garçon bien. Ouais, quelquefois il est un peu malpoli, quelquefois il oublie de se doucher, mais c'est un bon élève et il nous écoute – la plupart du temps. Ça doit être difficile pour lui parce que sa mère et moi sommes séparés depuis quelque temps...

« Ant, t'es prêt ? On y va ! »

Dans la voiture, sur le chemin[10] de l'Académie de Guitare où je donne des cours, Antoine ne me dit pas grand-chose. C'est assez typique. Avant, il parlait tout le temps. Surtout avec moi. Mais maintenant, il ne parle pas beaucoup, surtout pas avec moi. Avant, nos rapports étaient plus ... je sais pas ce qui s'est passé...des problèmes d'ados j'imagine.

« Comment c'était, l'école ? » je demande à mon fils.

D'habitude il répond « bien », mais il me surprend en répondant par une phrase entière !

« Y'a un nouvel élève. Il est dans mon cours d'histoire.

—Ah oui ? Je me demande pourquoi il me parle de ce nouvel élève.

---

[10] sur le chemin: on the way.

—Il s'appelle Malik. Il habitait à Blainville, mais sa famille a déménagé ici la semaine passée. Tu l'as vu ce matin ?

—Quoi ? Comment ça ? Je suis pas entré dans l'école après t'avoir déposé.

—Ouais, mais tu te souviens d'un garçon en fauteuil roulant ?

—Je m'en souviens parce que je t'ai vu l'aider. Tu sais, t'es un bon gars, » je dis à Antoine, bien que je ne le regarde pas parce que je ne veux pas lui montrer mon émotion.

« Ben, Malik est aussi un bon gars. Et il m'a dit qu'il joue à Fortnite. C'est pour ça que je voulais aller en bas et jouer tout de suite. Malik m'attendait. »

Je veux demander à Antoine pourquoi il n'a pas donné son adresse email à Malik, mais je sais qu'il n'aime pas dire qu'il n'a pas de téléphone. Sa mère et moi – même si on n'est plus ensemble – sommes d'accord sur le fait qu'Antoine ne doit pas avoir un téléphone avant l'âge de 14 ans.

« Tu peux lui parler demain, d'accord ?

—Ouais, je vais devoir lui expliquer que mon père est comme un gardien de prison. Papa, quelquefois, t'es vraiment pénible, tu sais ? »

Je dis à mon fils en souriant, « C'est mon job de père, ou de gardien de prison. Et quelquefois, t'es pénible aussi. Mais je t'aime quand même.

—OK, OK.

On arrive à l'Académie de Guitare. « Prends ta guitare, » je dis à Antoine. « Tu peux t'exercer dans le garage pendant que je donne ma leçon. Et après ça, je t'amène chez Alex pour ton cours à toi, d'accord ?

—OK. »

Chapitre 3
Chris

Pour la première fois depuis un certain temps, mon équipe ne participe pas aux séries éliminatoires[11]. On a bien joué toute la saison, mais les Bruins de Boston ont gagné le dernier match et nous ont éliminés. Mauvaise nouvelle : on ne participera pas aux séries cette année. Bonne nouvelle : je vais avoir le temps d'apprendre à jouer de la guitare.

Huit mois sur douze, je joue au hockey pour les Canadiens de Montréal. Et quand je ne suis pas sur la glace, je suis au gymnase pour me mettre en forme. J'adore ce que je fais. C'est ce que j'ai toujours rêvé de faire. Mais j'ai aussi d'autres intérêts, comme la lecture et la musique.

---

[11] series éliminatoires : playoffs.

J'ai acheté une guitare il y a quelques mois, mais jusqu'ici, je n'ai pas eu le temps d'en jouer. Mais maintenant que je vais avoir plus de temps, je vais commencer à prendre des leçons à l'Académie de Guitare. C'est une école de musique pas loin de chez moi.

J'entre dans le bâtiment et je vois plein d'affiches de groupes de rock : les Rolling Stones, Who, Nirvana. J'aime beaucoup l'atmosphère de l'école.

« Salut », me dit un gars quand j'entre.

—Salut. Je m'appelle Chris. J'ai un cours de guitare avec Joseph à 17h.

—Ah oui, tu es nouveau ici? Moi, c'est Stéphane.

—Enchanté, Stéphane. Ouais, c'est officiellement mon premier cours.

—Super. T'inquiète pas, tu vas te plaire dans notre école. Joseph est encore avec un élève mais il devrait finir dans quelques minutes. Je vais te faire visiter l'académie.

—D'accord, merci. »

On entre dans une immense salle qui dans le passé était... un garage ?

« C'est ici que les groupes répètent toutes les semaines », m'explique Stéphane. « Ils se préparent pour les spectacles qui auront lieu à la fin des trimestres ».

J'ai lu sur internet qu'il y a des spectacles tous les trois mois. J'ai de la peine à imaginer que je serai prêt à faire un spectacle vu que je sais à peine jouer une note, mais on verra.

À ce moment-là, Stéphane engage la conversation avec un jeune qui s'exerce à jouer de la guitare. Il joue "Enter Sandman", de Metallica. Je connais bien ce morceau.[12]

« Antoine, tu joues très bien », dit Stéphane.

---

[12] morceau : tune/song.

Antoine s'arrête de jouer pendant quelques instants et répond « Merci Stéphane ».

—Antoine, je te présente Chris; il va commencer à jouer de la guitare. Chris, Antoine est un des ados qui jouent ici dans le groupe de l'école. C'est un excellent guitariste.

Il est très bon, c'est sûr, et je le lui dis : « Tu es phénoménal. Cette chanson est une de mes préférées.

—Merci. C'est aussi ma préférée. Bonne chance avec votre cours. Vous allez jouer avec mon père ?

—Ton père s'appelle Joseph?

—Ouais. C'est un excellent guitariste. Ça va sûrement vous plaire.

—Merci Antoine. Merci pour tes encouragements. Cet instrument est nouveau pour moi.

—C'est seulement nouveau au début, dit Antoine en souriant. Vous allez progresser rapidement, vous verrez. Tout ce que vous avez à faire, c'est manger et dormir avec votre guitare tous les jours, ha ha! »

Quel jeune talentueux. Si je m'exerce beaucoup, est-ce que je serai capable de jouer comme lui ?

Chapitre 4
Antoine

Je me lève tôt aujourd'hui. Il faut que j'arrive à l'école à l'heure. Je veux parler avec Malik. Il faut que je lui dise pourquoi j'ai pas joué à Fortnite hier.

« Salut, papa », je crie en fermant la porte.

Mon père est surpris. « Tu prends le bus ?

—Ouais, je veux pas être en retard. »

Tous les jours, on a le cours d'histoire en première période. Mon père est surpris, mais Madame Rouleau va être vraiment surprise de me voir arriver à l'heure.

Malik est déjà là.

« Hé, Malik ! ». J'ai même pas l'occasion de lui donner une explication qu'il commence à me parler méchamment :

« Vraiment ? Tu m'invites à jouer et tu te connectes même pas ?

— Je peux t'expliquer…

— Oublie. Tu te moques de moi, hein?

— Mais non.

— C'est à cause de mon fauteuil roulant?

— Pas du tout.

— Et tu m'as pas contacté…

Je commence à m'énerver. « Hé, je t'ai pas contacté parce que j'ai pas de portable. Tu sais pourquoi ? Parce que mon père me permet pas d'en avoir un ».

Malik me regarde et ne dit rien pendant quelques instants. Il est perplexe.

« Attends. T'as pas de portable ? T'es un peu plus handicapé que moi, hein ?

—Ha, ha, t'as pas idée...

—Alors, désolé.

—Pas de problème. Tu veux jouer aujourd'hui ? On peut décider d'une heure précise ? Je peux te trouver sur Xbox ou Fortnite ?

—D'accord. Jouons à 19h, après le souper. Je dois d'abord faire mes devoirs. Et je suis sur Xbox.

—Chez toi, il y a la règle "devoirs avant jeux vidéo"?

—Ouais, je déteste ça ! Ha ha !

—Mec, je comprends parfaitement. On a la même règle chez nous, dans mes deux maisons.

—Deux maisons ? T'es riche ?

—Non, mes parents sont séparés.

—Aïe, deux maisons, deux fois plus de règles ! »

« Bonjour tout le monde ! Aujourd'hui, nous allons parler de l'Afrique francophone. »

Chapitre 5
Nicolas

Normalement, je rentre chez moi beaucoup plus tard, mais aujourd'hui, je suis déjà rentré pour attendre Malik. J'ai une surprise pour lui.

Le bus qui lui permet de mettre son fauteuil roulant arrive et Malik en descend. Il prend la rampe qui mène à la porte d'entrée. Je veux aider mon fils, mais il n'a pas besoin de mon aide. Il est très indépendant.

J'ouvre la porte et je le salue : « Bonjour, Malik.

—Hé, papa. Tu peux me préparer un goûter, s'il te plait ? Je veux commencer mes devoirs.

—Oui, bien sûr. Et c'est une bonne idée, parce que j'ai prévu quelque chose pour ce soir.

—Qu'est-ce que t'as prévu? Tu m'as rien dit ?

—J'ai des billets pour le match entre l'Impact de Montréal et le FC Kingston. Je les ai achetés aujourd'hui, » je lui dis en souriant.

Je suis content, mais pas lui.

« Papa, je peux pas y aller. Je vais jouer à Fortnite ce soir avec mon nouveau copain Antoine.

—Tu veux pas aller à un match de foot semi-professionnel ?

—Non merci, je préfère jouer à Fortnite avec Antoine. C'est mon nouvel ami. »

Je lui passe des *pastels*[13] qu'on a commandés hier soir à un nouveau restaurant sénégalais, *Le Maquis Yasolo*. C'était un souper pour célébrer la nouvelle école de Malik, notre nouvel appartement et la joie d'être ensemble en famille. On a commandé des *accras de*

---

[13] pastels : small, flat doughnuts filled with fish and spices.

morue[14], *du yassa de poulet*[15] et bien sûr, un grand plat de *pastels*.

Malik mange rapidement les *pastels*. Il est gourmand et à son âge, on mange tout le temps.

Quelques minutes plus tard, mon fils dit :

« Merci, papa. Tu vas aller au match seul ?

—T'inquiète pas. Je vais appeler ton oncle. Il viendra avec moi. Toi et moi pouvons regarder le match entre les Astros de New York et le FC Brampton demain, si tu veux. »

Mais mon fils ne m'entend pas parce qu'il est déjà allé dans la pièce d'à côté pour faire ses devoirs.

Je cherche le numéro de mon frère dans mon portable et lui écris un texto pour l'inviter :

---

[14] accras de morue : cod fish and marinated rice nuggets.
[15] yassa de poulet : smoky, grilled chicken with caramelized onions and rice.

Tu veux aller au match entre l'Impact de Montréal et le FC Kingston ce soir ?

Sa réponse ne me surprend pas.

Absolument ! Merci.

Mon frère est un fan de foot comme moi. On joue tous les deux dans une ligue. Tous les joueurs sont d'Afrique de l'ouest comme nous. Il y a une grande communauté d'Africains dans notre quartier.

*****

Je voudrais me réjouir de voir le match, mais je suis un peu triste. Mon frère le remarque.

« Nico, qu'est-ce qui se passe ?

—Rien. C'est juste que c'est dommage que Malik soit pas ici avec moi. J'ai acheté les billets pour nous deux.

—Je comprends. Y'a un problème entre vous deux ?

—Je crois pas. Il est à la maison ; il joue à Fortnite.

—Ah, et il voulait pas venir voir le match avec toi ce soir ?

—Il avait l'air super content de jouer à Fortnite avec son nouvel ami... Je crois que c'est encore difficile pour lui de voir des matchs de foot...

—Ça doit être dur pour lui, Nico. C'était un sportif incroyable et maintenant...

—C'est vrai. Mais ça me manque. Le temps qu'on passait ensemble me manque terriblement. »

La foule hurle quand l'Impact marque son premier but. Je veux aussi crier, mais je ne sens pas le même enthousiasme.

« Ne sois pas trop pressé[16]. Vous allez créer de nouveaux liens.

---

[16] pressé : in a hurry.

—J'espère. »

Chapitre 6
Antoine

Je n'ai que quarante-cinq (45) minutes pour faire mes devoirs avant le tournoi, donc je dois travailler vite.

Aujourd'hui, c'est le premier jour du tournoi de Fortnite avec Malik, Alex et deux autres jeunes. On veut savoir qui est le meilleur joueur du groupe.

Mais d'abord, je dois faire mes devoirs. Comme devoir de maths, on a une série de problèmes à résoudre. Le premier me rappelle mon père :

Si Thomas joue de la guitare deux heures par jour et cinq jours par semaine pendant une année bissextile[17] (sans compter les

---

[17] année bissextile : leap year.

jours fériés[18]), combien de jours va-t-il jouer (Mais aussi, et c'est tout aussi important, est-ce que Thomas sera prêt le jour du spectacle?) ?

Oh, M. Brechlin, le prof de maths, a le sens de l'humour.

Je pense à mon père et au fait qu'il adore la guitare. Moi aussi j'aime cet instrument, mais pas autant que lui. Il veut que je m'exerce davantage, mais j'aime pas qu'il me mette la pression.

Je finis mon devoir de maths avec cette réponse à la deuxième question :

« Ça dépend. Ça dépend si Thomas prend ses exercices au sérieux. »

Je descends au sous-sol pour me préparer. Je me prépare à la « bataille. »

Quand le tournoi commence, je joue contre Alex et Malik joue contre Ahmed, un autre ami.

---

[18] jours fériés : national holidays.

À ce moment-là, mon père arrive à la maison.

« Antoine ! » Il crie. « T'es prêt pour aller à l'ADG ? Je dois y donner un cours. »

Je dis rien. Je veux pas aller à l'Académie de Guitare avec mon père. Je veux pas devoir écouter de la musique. Je veux jouer à des jeux vidéo. Je sors mes écouteurs et je me connecte à la Xbox.

« ANTOINE ! Je sais que tu es en bas. Viens ! On doit y aller !

—Je veux pas y aller. Je suis en train de jouer avec mes amis. »

Mon père descend l'escalier. Est-ce qu'il est fâché ? « Antoine, tu viens toujours à l'Académie avec moi. Qu'est-ce qui se passe ?

—Je veux pas y aller. Mes amis et moi, on a commencé à jouer.

—Jouer ? Jouer à des jeux vidéo, c'est pas "jouer", c'est une perte de temps », dit mon père, fâché.

« Le temps que j'ai m'appartient[19], je peux l'utiliser comme je veux.

—Quoi? Qu'est-ce que tu as dit ?

—Rien. Je veux pas y aller avec toi aujourd'hui.

—Tu fais pas grand-chose ces jours-ci. Avant, tu jouais au foot et tu t'intéressais à la guitare. Mais maintenant, tout ce que tu fais, c'est de perdre ton temps avec ce stupide jeu. »

Maintenant, je suis fâché.

« Tu sais ce qui est stupide ? Le temps que tu passes avec ta guitare ! Tu fais rien d'autre ; tout ce que tu fais c'est travailler et jouer de la guitare. Si t'es pas à l'ADG, t'es avec d'autres groupes. T'as même pas de temps pour moi !

—Antoine, on peut pas discuter de ça maintenant, parce que je suis en retard. Si tu veux pas venir avec moi, d'accord. Mais on en

---

[19] appartient: belongs.

parlera plus tard. J'aime pas la façon dont tu me parles. À ce soir. »

Mon père remonte l'escalier. Dans mes écouteurs, j'entends Alex :

« Eh, mec, ça va ?

—Oui, mon père...

—Je comprends. Pas besoin d'expliquer. Alors, on commence ?

—Ouais, on y va. Tu vas perdre.

—On verra.

—Ha ha, c'est parti. »

À la fin du premier jour du tournoi, Alex et Ahmed ont un point. Ouais, j'ai perdu.

Quand la première partie[20] finit, on discute des parties à venir pour la fin de la semaine. Mais Ahmed doit partir et on termine la discussion.

---

[20] partie : game.

Ahmed dit : « Eh, les gars, faut que j'y aille. Je dois aider mon père.

—À plus ! » on lui dit.

Je continue à discuter avec les deux joueurs restants.

« Vous voulez aller au parc, demain ? demande Alex.

—J'ai une répétition avec l'orchestre à l'Académie après l'école, mais après ça, ouais », je dis.

Alex dit : « Ant, c'est toi qui habites le plus près du parc. On peut aller à ton cours, puis marcher ensemble jusqu'au parc. Ton père te conduit à l'Académie, non ? Il peut nous prendre aussi ?

—Je peux lui demander. Mon père est fâché. »

Alex demande à Malik : « Tu auras la permission d'y aller, Malik ?

—Je pense que oui, mais est-ce qu'il y aura assez de place dans ta voiture pour mon fauteuil roulant?

—Malik, t'inquiète. Mon père fait de la muscu. Il est vraiment fort. Il peut te porter pour te mettre dans la voiture et y mettre ton fauteuil. Pas de problème.

—OK, je demanderai à mes parents.

— Au revoir tout le monde! »

J'écris un texto à mon père :

Papa, est-ce que je peux aller au parc avec Alex et Malik demain après ma répétition ? S'il te plaît ?

Il est toujours fâché contre moi, mais il me répond :

Oui, on en parlera à mon retour à la maison. T'as fait tes devoirs ?

Chapitre 7
Chris

J'arrive à l'Académie de Guitare pour mon cours à 15h30. Je me suis beaucoup exercé, mais j'ai encore de la difficulté. C'est pas facile d'apprendre quelque chose de nouveau, et j'ai de la peine à mettre mes doigts correctement sur la guitare pour produire les bonnes notes.

J'entre dans la pièce et je dis à Joseph :

« Bonjour, comment ça va ?

—Bonjour, Chris. Je suis bien content de vous voir. Tout va bien pour moi. Vous vous êtes exercé ?

—À la guitare ou au hockey ? Ha ha. Le hockey, c'est fini pour la saison. On a perdu le premier match des séries éliminatoires.

—Ah ouais, vous me l'avez dit. Désolé. J'aime le hockey, mais je ne m'y intéresse pas vraiment.

—Vous aimez regarder le sport ?

—Ouais. Je regarde les matchs de foot avec Antoine toutes les semaines. C'est-à-dire quand il ne joue pas à Fortnite. »

Joseph parle d'Antoine avec de la tristesse dans la voix.

Je sors ma guitare et je joue un accord. Je demande à Joseph :

« Antoine est un ado typique, n'est-ce pas ?

—Qu'est-ce que vous voulez dire ?

—Vous vous souvenez de quand vous aviez son âge, Joseph? Les amis sont très importants.

—Ouais, je me souviens, mais il passe pas vraiment du temps avec eux. Avant, quand il jouait au foot, on passait beaucoup de temps ensemble à l'entraînement et aux matchs... et on jouait de la guitare ensemble...

—Et maintenant il ne veut plus passer du temps avec vous ?

—Exactement. Comment le savez-vous ?

—Ça m'est arrivé aussi avec mon père. Je joue au hockey depuis l'âge de cinq ans, donc j'ai passé beaucoup de temps avec mon père. Mais quand j'ai eu douze ans, j'ai arrêté de jouer. J'ai dit à mon père : "je veux plus jouer au hockey."

—Et qu'est-ce qui s'est passé ? Comment est-ce que vous avez pu devenir joueur de hockey professionnel ?

—Après deux semaines, j'ai changé d'avis[21]. J'ai discuté avec mon père. Je lui ai dit "Papa, je veux continuer à faire du hockey. Ça me manque". Et depuis, je joue tout le temps. Mais ça a dû être MA décision.

---

[21] j'ai changé d'avis : I changed my mind.

—C'est bon à savoir, merci. Allez, jouons un peu de guitare ! »

Je m'exerce avec Joseph pendant une heure. Il me montre trois nouveaux accords, mais j'ai de la difficulté à les jouer. Ça devient très frustrant. Mes doigts se tordent comme des bretzels. J'ai des douleurs aux doigts et ma guitare fait des sons horribles. Comment est-ce que je vais pouvoir jouer dans un concert alors que je joue si mal ?

« Aïe ! Pourquoi est-ce que l'accord de FA est si difficile ?

—Calmez-vous, Chris, cet instrument est tout à fait nouveau pour vous, soyez patient.

— Ha ha. OK. Soyez aussi patient avec votre fils. Eh, est-ce que vous avez le temps de me donner une leçon de plus demain après-midi ?

—Oui, bien sûr. Je serai là à 15h30 parce qu'Antoine a un cours.

—Ha, vous n'êtes pas son prof ? » je lui demande en plaisantant.

« Vous voulez voir une explosion ici à l'ADG ? Ha ! Antoine s'exerce avec quelqu'un d'autre. Mais je serai là. Et on peut s'exercer. Je vais vous apprendre un morceau facile.

—Avec les nouveaux accords ?

—Ouais, il faut s'exercer. Y'a pas de secret, si vous voulez vous améliorer[22]. Le gars qui s'exerce est généralement meilleur que le gars qui a des excuses et qui ne s'exerce pas. »

Joseph dit qu'apprendre à jouer de la guitare, c'est comme apprendre une nouvelle langue. D'abord, il faut apprendre de nouvelles lettres pour pouvoir faire des mots et des phrases. C'est la même chose pour la musique. Après avoir appris les notes, on peut commencer à jouer des morceaux.

Je remercie Joseph pour la leçon. Il est super gentil. Et très patient. Il ne joue pas beaucoup

---

[22] si vous voulez vous améliorer : if you want to improve.

pendant le cours, mais il est clair que c'est un guitariste phénoménal.

Chapitre 8
Malik

On est devant l'école et on attend le père d'Antoine. Je suis surpris que mes parents m'aient permis d'aller au parc avec mes amis.

Voilà la conversation d'hier soir :

Moi : Papa et maman, est-ce que je peux aller au parc avec Antoine et Alex demain ?

Ma mère : Qui est Antoine ? Je veux d'abord parler à sa mère.

Moi : C'est mon nouveau copain d'école. Il habite principalement avec son père. Tu peux l'appeler.

Mon père : Et tu vas aller au parc comment ?

Moi : Le père d'Antoine va venir nous chercher à l'école ; on va d'abord aller à l'Académie de

Guitare et puis chez eux. Et de là, on va aller au parc à pied. Regardez le plan.

Je leur montre sur Google Maps où habite Antoine et où se trouve le parc.

Ma mère : Tu as le numéro de son père ?

Moi : Ouais, le voilà.

Mon père : Je veux parler à ta mère pendant une minute, d'accord ?

Moi : Papa, s'il te plait ? Je veux y aller. Ce sont mes nouveaux amis et …

Mon père : Il faut que je parle à ta mère. Donne-nous une minute.

Mes parents ont parlé au père d'Antoine et ils m'ont donné la permission. J'étais bien content, mais maintenant … En fait, je suis un peu nerveux. J'ai l'habitude de mettre mon fauteuil roulant dans notre voiture, mais …

À ce moment-là, le père d'Antoine arrive. Il sort de la voiture et se présente.

« Bonjour Antoine et Alex. Et toi, c'est Malik, n'est-ce pas ? Je m'appelle Joseph. Antoine me dit que tu es un excellent joueur de Fortnite. »

Il me serre la main et dit : « Ouah, tu es fort, Malik, tu fais de la musculation ?

— Ouais, un peu » je dis en souriant. Je suis à l'aise[23] avec Joseph.

J'explique comment ils peuvent m'aider à entrer dans la voiture et quelques minutes plus tard, on est en route pour l'Académie de Guitare. J'ai paniqué pour rien au sujet de mon fauteuil roulant.

On commence à discuter dans la voiture. On est des gars typiques et on parle principalement de trois choses : la nourriture, les sports et les jeux vidéo.

« J'adore la pizza » dit Antoine.

« Moi, ce que je préfère, c'est la cuisine chinoise » dit Alex.

---

[23] à l'aise : comfortable.

Je leur demande : « Est-ce que vous avez déjà goûté la cuisine sénégalaise ?

—Non.

—Je vais vous la faire connaître. Sur l'avenue Notre-Dame, y'a un super restaurant, *Le Maquis Yasolo*. »

*****

On arrive à l'Académie de Guitare sur l'Avenue de Monkland. Quand on entre dans le parking, je vois un gars que je connais.

« Eh, les gars, c'est Chris Wideman !

—Qui ? » demande Antoine. « Ah, lui. C'est Chris, un élève de mon père.

—Non non. C'est Chris Wideman, le défenseur des Canadiens de Montréal. C'est un des meilleurs joueurs de la ligue ! »

Il est clair que mes nouveaux amis ne regardent pas le hockey. « Je peux aller lui parler ? » je demande.

Joseph répond : « Je te présenterai à lui, Malik, mais après sa leçon, d'accord ?

—Oui, monsieur. Merci. »

Je suis heureux, vraiment heureux !

Alex et moi entrons dans le garage pour écouter jouer le groupe d'Antoine. L'orchestre sonne bien. Ils jouent quelques morceaux classiques : « Eye of the Tiger » de Survivor et « We are the Champions » de Queen. Ce sont de super chansons. On peut pas s'empêcher de taper du pied et de chanter.

À la fin de la séance d'une heure, pendant qu'Alex et moi jouons sur nos téléphones, Joseph entre dans le garage avec Chris.

« Malik, je te présente Chris. Chris, voilà le nouvel ami d'Antoine. »

Chris Wideman me serre la main et dit en souriant : « Hé Malik, j'ai entendu dire que tu es un excellent joueur de Fortnite.

—Vous jouez aussi à des jeux vidéo ?

—Non, je préfère lire quand je joue pas au hockey.

—Quoi, vous lisez ? Des livres ?

—Ha ha! Oui, j'adore lire. Et toi, qu'est-ce que tu aimes d'autre ?

—Euh, j'aime surtout le sport. Je jouais au foot, avant, mais maintenant…

—Joueur de foot, hein ? Comme Messi et Ronaldo ? »

Je veux pas parler de football, mais je veux pas non plus être malpoli envers Chris Wideman, alors je dis rien.

Chris me pose une autre question : « Est-ce que tu as déjà joué au hockey ?

—Non, mais j'adore regarder les matchs.

—Ben je peux pas t'inviter à voir un de nos matchs parce qu'on a déjà été éliminés des séries éliminatoires… »

Je me souviens que c'est le match qu'ils ont perdu contre les Bruins de Boston. C'était horrible. Vraiment horrible. Une fois encore, je dis rien.

« ... mais je peux t'inviter à jouer avec une autre équipe...

—Monsieur Wideman, vous voyez pas mon fauteuil ? Je peux pas utiliser mes jambes.

—Pas de soucis, les autres joueurs ne peuvent pas utiliser leurs jambes non plus. Ils utilisent une luge et patinent assis[24].

—QUOI ? Sérieusement ?

—Ouais. Il y a des tas de jeunes - filles et garçons - qui s'entraînent en équipe. Ils sont très sportifs et vraiment bons.

—Mais comment est-ce que je pourrais utiliser une luge sur la glace ? »

---

[24] assis : sitting.

M. Wideman est très patient avec moi. Il m'explique comment les joueurs utilisent des bâtons pour bouger sur la glace. Le bâton a une pointe à une extrémité et des palettes courbées[25] à l'autre pour lancer la rondelle.

C'est fascinant ! J'ai plein de questions. Et je veux en parler à mon père tout de suite, mais il faut qu'on aille au parc.

« Monsieur Wideman, merci de m'avoir parlé de hockey. Je voudrais beaucoup y jouer. Est-ce que vous avez davantage d'informations ?

—Bien sûr, Malik. Je te donnerai plus de détails plus tard. Pour l'instant, tu peux aller voir le site web paralympique.ca. Va le voir et dis-moi ce que tu en penses !

—Merci. Je vais en parler à mes parents. Je suis vraiment content de vous avoir rencontré. À bientôt ! »

On écoute du rock dans la voiture, avant d'arriver chez Antoine, mais je suis distrait. Je

---

[25] courbées : curved.

ferme les yeux pendant quelques minutes et je rêve à l'idée de refaire du sport. Je ne sais pas si les autres le remarquent, mais je me sens au 7e ciel...

Chapitre 9
Antoine

« Allez les gars ! » je dis à mes amis. « Allons manger ! »

On décide de prendre quelque chose à un des camions-restaurants près du Parc Paul-Doyon. Ils ont toutes sortes de plats imaginables. La personne qui a eu l'idée d'inventer le camion-restaurant est un génie.

« Ant, tu parles jamais d'autre chose, hein ? » me demande Alex.

« Ouais Antoine. Tu parles toujours de nourriture, » dit Malik.

« Je suis super gourmand. J'aime manger toutes sortes de plats, » je leur dis.

« Alors on va manger sénégalais un de ces jours ?

—Ouais, bonne idée. Et après le camion-restaurant, allons à la Diperie, c'est un excellent marchand de glaces[26], » je suggère.

« Je connais pas du tout, » dit Malik.

« Ouais Malik, c'est un de mes endroits préférés, tu vas adorer, » dit Alex.

On continue à marcher en direction du parc. Je suis à quelques pas devant mes deux amis quand soudain je m'arrête et me retourne.

« Antoine, tu parles toujours de bouffe[27] ; t'as d'autres sujets de conversation ? » demande Alex.

« Je peux aussi parler de musique et de sports, » je dis en souriant. « Vous avez vu le match des Étoiles hier soir ? »

Mes amis me répondent pas, mais j'ai pas posé la question pour qu'ils puissent y répondre. J'aime parler et j'aime passer du temps avec

---

[26] marchand de glaces : ice cream stand.
[27] bouffe : slang term for "food."

mes copains. Et j'aime être libre. J'ai quatorze (14) ans - enfin presque - et je veux avoir plus de liberté. J'ai une belle vie.

On marche quelques pâtés de maisons et on tourne vers les douze suivants pour arriver au Parc Paul-Doyon. On a appris au cours de maths qu'un kilomètre correspond à huit pâtés de maison, alors aujourd'hui on va marcher presque deux kilomètres au total.

Alex est un peu paresseux et il demande à Malik : « Eh, Malik, est-ce que je peux monter à l'arrière de ton fauteuil roulant ?

—Seulement si tu le pousses un peu, t'es lourd, mec. Ha ha! »

Je suis vraiment heureux. J'adore mes amis. On joue toujours à Fortnite, on débloque[28], on se raconte des blagues[29]. On n'est pas toujours très malins, mais on s'en fiche[30], on est jeunes.

---

[28] débloque : talk nonsense.
[29] blagues : jokes.
[30] on s'en fiche : we don't care.

Je ne sais pas pourquoi j'ai autant d'énergie aujourd'hui, mais je me mets à courir comme un fou. Et Malik avec Alex, accroché[31] à son fauteuil, me suivent en allant à leur rythme. Je m'arrête pour les regarder.

« Pousse plus fort, Alex ! Allez, avec ton poids on peut aller plus vite » dit Malik.

« OK, tiens bon ! » répond Alex.

Je regarde mes amis passer devant moi sur le trottoir[32] à une vitesse incroyable.

« Allez les gars ! » je crie.

Ils vont si vite que je sais pas s'ils vont être capables de s'arrêter au bout[33] du trottoir. On dirait qu'ils sont dans un film d'action et qu'ils font la course dans les rues.

Je les suis[34] joyeusement. Je suis si heureux et j'ai tant d'énergie que j'essaye de sauter sur le

---

[31] accroché: hanging from.
[32] trottoir : sidewalk.
[33] au bout : at the end.
[34] suis: follow.

mur, comme le font les jeunes qui mettent leurs vidéos sur YouTube. Mais soudain je vois du coin de l'œil[35] que mes amis se sont arrêtés parce qu'ils sont tombés.

Je peux pas contrôler ma vitesse et je m'arrête immédiatement.

Et je tombe moi aussi. Je tombe vraiment fort.

AÏE !

---

[35] du coin de l'œil : from the corner of my eye.

Chapitre 10
Nicolas

Je pense encore à la dispute que j'ai eue avec Malik l'autre jour au sujet du match entre le Réal Madrid et le Barça. Je ne l'ai jamais vu aussi furieux que ce soir-là.

« Malik! » je crie. « Allez, c'est l'heure du match.

—Je vais pas le regarder.

—Quoi ? Pourquoi ? On regarde toujours le match entre le Réal et le Barça.

—C'est fini. Je veux pas le regarder.

—Malik, allez. C'est la tradition.

—C'EST FINI PAPA. Je veux plus jamais regarder le foot. Je suis plus un joueur de football. Je DÉTESTE ce sport. »

Notre affrontement[36] avait été horrible. Oui, je sais que mon fils souffre de ne plus être un joueur de foot, mais je ne réalisais pas à quel point. Je voulais juste regarder le match avec lui, comme d'habitude. Mais pour lui, rien n'est plus comme d'habitude.

Depuis ce jour, il y a une tension entre lui et moi...

Mais je ne peux plus y penser parce que mon téléphone sonne. C'est Malik.

« Hé Malik.

—Papa, j'ai besoin d'aide.

—Qu'est-ce qui se passe ?

—Y'a eu un accident. »

Je pense tout de suite à l'horrible accident qui a eu lieu il y a quelques mois. Je suis nerveux, mais je lui demande calmement, « Ça va ?

---

[36] affrontement: confrontation.

—Oui papa, ça va. Bon, Alex et moi, on est tombés parce qu'on fonçait[37] sur mon fauteuil, mais …

—Mais ça va ?

—Ouais papa, Alex m'a aidé à me remettre sur mon fauteuil. C'est pas le problème.

—OK, quel est le problème alors ?

—Antoine est tombé aussi et il a très mal au bras. Il peut pas le bouger.

—Où êtes-vous ?

—On est au carrefour Avenue de Monkland et Grand Boulevard.

—Près de la Clinique *Corps Idéal* ?

—Ouais.

—Est-ce qu'Antoine peut marcher ?

---

[37] fonçait : were speeding.

—Oui.

—OK, allez à la clinique. J'arrive dans quelques minutes.

—D'accord papa.

—Et Malik ? Quel est le numéro du père d'Antoine ? »

Il me donne le numéro et une fois encore, je demande à mon fils :

« Malik, tu es sûr que ça va ?

—Ouais papa, t'inquiète pas.

—D'accord, à tout à l'heure. »

Ah, les ados. C'est jamais triste !

Chapitre 11
Joseph

Je joue de la guitare et je me prépare pour le spectacle qui a lieu dans quelques semaines. On va jouer « Champagne Supernova » d'Oasis et « Fortunate Son » de Creedence Clearwater Revival. Ça va être le premier spectacle de Chris, mon nouvel élève. Il commence à peine à jouer de la guitare, mais il est très motivé. Je vais lui montrer de nouveaux accords à la prochaine leçon.

Mon téléphone sonne. Je regarde le numéro. C'est un numéro local, mais je ne le reconnais pas.

Je n'ai pas le temps pour un télévendeur[38], donc je ne réponds pas.

---

[38] télévendeur : telemarketer.

Une minute plus tard, j'entends le son qui me dit que j'ai un message audio :

Bonsoir M.Tropea. C'est Mme Breton. Je suis infirmière à la Clinique...

J'écoute le message. Il mentionne quelque chose au sujet d'un accident, mais j'ai de la peine à entendre les détails, parce que la connexion est mauvaise. Qu'est-ce qui s'est passé ? Est-ce que Malik a eu un problème ? C'est la première fois qu'Antoine a un ami qui a un handicap, et je sais que les garçons ne prennent pas toujours les meilleures décisions...

Je rappelle immédiatement.

« Allô, bonjour. C'est Joseph Tropea. Vous avez appelé au sujet d'un accident, mais je ne vous entendais pas bien. Est-ce que tout va bien pour mon fils ?

—Bonjour monsieur. Oui, ça va. Mais avant que je puisse vous donner plus d'informations, il faut que vous veniez à la clinique.

—J'arrive, merci. »

*****

J'arrive à la clinique et devant l'entrée, je vois les garçons, Antoine, Alex et Malik avec un homme que je ne connais pas. Ça doit être le père de Malik, ils se ressemblent. Il s'approche de moi, me serre la main et se présente.

« Bonjour, je suis Nicolas, le père de Malik.

—Bonjour, moi c'est Joseph. Enchanté. Qu'est-ce qui s'est passé ?

—Tout va bien, mais c'est toute une histoire ! » dit Nicolas en souriant.

Antoine est dans un fauteuil roulant et il se tient le bras. Il me sourit timidement.

« Qu'est-ce qui s'est passé, Ant ? »

Il me raconte qu'ils fonçaient sur le trottoir et qu'ils sont tombés.

« Bon, je suis bien content que tout ça finisse bien. Mais il serait peut-être temps de vous suggérer d'avoir plus de bon sens dans le futur ? » je leur dis en souriant.

« Bonne idée, » dit Nicolas.

Je veux commencer à leur faire la morale[39] quand soudain l'infirmière entre et appelle Antoine. Lui et moi allons dans la salle d'examen et attendons le médecin.

---

[39] faire la morale : have a "dad" talk.

Chapitre 12
Malik

Après avoir déposé Alex chez lui, mon père me parle très sérieusement.

« Malik, il faut que tu sois prudent. Tu peux pas...

—Papa, il s'est rien passé. Ouais, on allait trop vite...

—Mais tu n'as pas le même contrôle qu'avant...

—Exactement, papa. Le sentiment de pouvoir foncer comme je le faisais quand je jouais au foot me manque.

—Malik, je suis désolé. Vraiment désolé. Je sais que la situation est difficile pour toi. Et je suis désolé de toujours te parler de foot. C'est juste que j'aime beaucoup passer du temps avec toi comme avant... »

Oh, mon père n'est pas fâché que je puisse pas jouer au foot, il est triste.

« Papa, tu parles de foot parce que tu veux passer du temps avec moi ? T'es pas fâché que je puisse pas être un joueur de foot professionnel ?

—Mais non, Malik. Ouais, j'adore le foot, mais je t'aime davantage. Tu es plus important pour moi que le sport.

—Merci papa, je t'aime aussi. »

À ce moment-là, je me souviens de la conversation que j'ai eue avec Chris Wideman.

« Oh, papa, j'ai une bonne nouvelle.

—T'as eu une bonne note ?

—Non. Enfin oui, j'ai toujours des bonnes notes, mais c'est pas ça, la bonne nouvelle.

—Alors ?

—J'ai rencontré Chris Wideman aujourd'hui.

—Le joueur de hockey professionnel ? Où est-ce que tu l'as rencontré ?

—À l'école où Antoine fait de la musique, enfin faisait de la musique.

—Ouais, il va pas pouvoir jouer de la guitare pendant un certain temps.

—Papa, M. Wideman m'a parlé d'une équipe de hockey pour les jeunes qui ont un handicap comme moi. Il m'a dit que les joueurs utilisent des luges pour patiner sur la glace. Est-ce que je peux jouer ? On peut passer du temps ensemble avec un nouveau sport. »

Je regarde mon père d'un air suppliant et lui dis : « Ou je peux t'apprendre à jouer à Fortnite ! Ha ha ! »

Mon père n'aime pas du tout les jeux vidéo, même des jeux comme FIFA.

« OK Malik, on va voir ce qu'on peut trouver sur cette équipe.

—Merci papa. On m'a indiqué un site web… »

Mon père sourit et moi aussi. Je suis si heureux.

Chapitre 13
Antoine

Je peux plus jouer à Spiderman. J'ai le bras dans le plâtre[40] pendant quatre semaines. Le jour où je me suis cassé le poignet[41], aïe ! C'est pas facile d'avoir une partie du corps qui marche pas. Ça m'embête. Je peux pas écrire. Je peux pas me doucher. Et je peux même pas manger. C'est vraiment embêtant d'essayer de se brosser les dents de la main gauche. J'ai failli me crever[42] l'œil la première fois que j'ai essayé.

Bon, ma vie est pas parfaite en ce moment, mais chaque fois que je suis frustré, je pense à Malik. Ma situation est temporaire, alors que

---

[40] dans le plâtre : in a cast.
[41] poignet : wrist.
[42] j'ai failli me crever : I almost stabbed myself.

la sienne est permanente, donc j'essaye de pas me plaindre[43].

Un après-midi où je m'ennuie, mon père me dit :

« Quoi de neuf Antoine ?

—Rien. Je m'ennuie.

—T'as pas de devoirs ?

—Je les ai déjà faits.

—Tu joues à Fortnite avec tes amis ?

—Alex s'exerce avec l'orchestre et Malik est à l'entraînement de hockey.

—Ah oui ? Il joue avec l'équipe que Chris a mentionnée ?

—Ouais. Malik adore, sauf qu'il dit que c'est super dur.

---

[43] plaindre : complain.

—Tout est dur au début. Tu te souviens de ta première leçon de guitare ?

—Ouais, c'était horrible. Je voulais arrêter de jouer.

—Et pourquoi est-ce que tu l'as pas fait ?

—Parce que j'adore la musique.

—C'est la même chose pour Malik. S'il aime ça, il va travailler plus dur. Comme toi et ta guitare. »

Je vais chercher quelque chose à manger dans le frigo.

« Papa, tu vas jouer de la guitare cet après-midi ?

—Oui bien sûr. Pourquoi ?

—Tu peux jouer "Whipping Post" des Allman Brothers ? Je veux voir comment sonne le solo.

—Ah oui ? Tu t'exerces à la guitare dans ta tête ?

—Ouais. Sauf que je voudrais vraiment pouvoir jouer maintenant.

—Ça te manque ?

—Ouais.

—Pourquoi est-ce que tu as arrêté de t'exercer à la maison ?

—Je sais pas.

—Mais si t'aimes vraiment beaucoup ça …

—Ouais, j'aime ça. Mais quand je t'entends jouer …

—Quoi ?

—C'est que … je peux pas jouer comme toi. Je suis pas aussi bon.

—Ant, ça fait plus de vingt ans que je joue de la guitare. T'as seulement treize ans.

—Ouais, mais je veux pas que tu penses que je suis pas bon.

—Quoi ??? Pourquoi est-ce que j'aurais cette idée ?

—Parce que je suis pas parfait comme toi.

—Antoine, je t'aime comme tu es. La perfection n'a pas d'importance.

—Alors pourquoi tu me parles tellement de m'exercer à la guitare ?

—Antoine, tu as du talent. La guitare, c'est naturel pour toi. Tu as plus de talent que moi à ton âge.

—Et alors ?

—Je veux pas que tu gâches[44] cette occasion, mais je veux que tu joues seulement si tu aimes ça. Et puis j'aime jouer de la guitare avec toi.

—Mais tu me cries toujours dessus.

---

[44] gâches : spoil.

—Désolé. Ça me frustre de voir tant de talent gâché. Et pour dire vrai, je veux pas voir le lien qu'on a disparaître. »

Je sais pas quoi dire. Normalement, mon père me parle pas comme ça, avec tant d'honnêteté[45].

« Alors tu AIMES passer du temps avec moi ? » je lui demande.

« Quand tu m'embêtes pas trop.

—Mais papa, c'est amusant de t'embêter.

—Je sais, Ant. Je sais. Je vais jouer de la guitare. Tu peux écouter la chanson et l'étudier.

—D'accord, merci. Un jour, je jouerai encore mieux que toi.

—Ne dis pas ça. Je suis encore le meilleur guitariste de la famille !

---

[45] tant d'honnêteté : so much honesty.

—Bien sûr papa. Ha, ha ! »

Chapitre 14
Joseph

Je pense à la conversation que j'ai eue avec Antoine l'autre jour. Ça doit être dur d'être un ado aujourd'hui. C'était pas comme ça quand j'étais jeune.

À ce moment-là, mon fils arrive à la maison.

« Hé papa. Qu'est-ce qu'on mange pour souper ? »

Ce garçon est vraiment mon fils ; il pense toujours à manger.

« Hé Ant. On va commander une pizza. J'ai pas le temps de faire la cuisine.

— OK. Tu sors ce soir ?

— Non, mais j'ai une leçon sur Zoom avec Chris. Demain, c'est le jour de son spectacle et il veut s'exercer un peu plus.

—Je peux y aller avec toi demain ?

—Bien sûr. Tu vas inviter Malik et Alex ?

—Je l'ai déjà fait, » je dis en souriant.

« Je dois les inviter quand je suis à l'école parce que J'AI PAS DE PORTABLE ! »

C'est intéressant. Mon fils devient un peu plus sage. Est-ce que c'est à cause de son accident de l'autre jour ? Ses amis ? J'ai aucune idée.

« Et si on t'achetait un téléphone ce week-end ?

—Vraiment ? » il me demande avec surprise.

—Ouais, mais pour l'instant, je veux que tu téléphones à la pizzeria. Commande une grande pizza avec du pepperoni …

—… et une petite juste avec du fromage. Je sais, papa.

—Merci. Je vais établir la connexion avec Chris maintenant.

— D'accord, papa. »

Chapitre 15
Chris

Après près de quatre mois, le jour de mon premier spectacle à l'Académie de Guitare est enfin arrivé. Je prends ma guitare et je vais à la voiture pour arriver à temps.

Je me réjouis.
Non. Je suis nerveux.

Non. Je me réjouis. Je me suis beaucoup exercé pour pouvoir jouer de la guitare dans ce spectacle. Ce soir, je pense que ça va être super.

J'arrive à l'Académie de Guitare et je vois beaucoup de voitures. Pourquoi est-ce qu'il y a tant de gens ?

Maintenant, je suis de nouveau nerveux.

« Bonjour Joseph. Salut Aaron.

- Bonjour Chris. Tu es prêt à jouer du rock n' roll ? » me demande Aaron.

« Hum, oui ? » je réponds, mais je ne suis pas sûr.

« Allons-y ! »

Une demi-heure plus tard, l'orchestre est prêt à jouer. J'ai ma guitare, mais je ne sais pas si je suis prêt à jouer. Il y a environ cinquante personnes qui sont venues assister au spectacle. Je commence à transpirer. Je transpire … beaucoup.

Aaron, le bassiste, est à côté de moi et me demande, « Mec, qu'est-ce qui se passe ? Tu transpires et tu es vraiment pâle.

—Je suis très nerveux.

—Nerveux de jouer devant ces quelques personnes ?

—Ouais.

—Mais tu as l'habitude de jouer au hockey devant des milliers de gens.

—Oui, c'est vrai. Mais je suis fort en hockey.

—Calme-toi. Tu vas adorer. Et si tu fais des fautes, continue à jouer. T'es le meilleur !

—Ça va. On va faire du rock n' roll, » je dis avec un sourire nerveux.

Pendant le spectacle, on joue quinze morceaux différents. Après avoir joué pendant deux heures, je souris et je me détends[46]. Aaron a raison, jouer est super fun. Je m'amuse beaucoup !

Après le spectacle, je discute avec Aaron et Joseph.

« Comment ça s'est passé ?

—Tu t'es bien amusé ?

---

[46] je me détends : I relax.

—Oui. Beaucoup. J'étais vraiment nerveux au début, mais au fur et à mesure que je jouais[47], je me suis détendu. Les lumières sur la scène étaient si fortes que je ne pouvais pas bien voir le public. En fait, ça m'a aidé à me détendre. Merci pour votre aide et pour votre soutien[48]. »

À ce moment-là, je vois Antoine, le fils de Joseph, et son ami Malik.

« Bravo, Chris. Vous avez super bien joué. Vous étiez nerveux ?

—C'était si évident ? Tu as vu combien je transpirais ? Ha ! En fait, j'étais vraiment nerveux. Franchement, j'ai cru que j'allais vomir.

—C'est normal, le premier spectacle est le pire[49]. Après quelques concerts, vous serez un vrai pro.

---

[47] au fur et à mesure que je jouais : as I was playing.
[48] soutien : support.
[49] le pire : the worst.

—Moi aussi, j'ai pensé que vous étiez excellent, Chris, » dit Malik. « Et après deux morceaux, vous aviez pas l'air nerveux.

—Merci pour le compliment. Et merci d'être venus et de m'avoir soutenu, les gars.

—De rien, » dit Malik.

« Hé Malik, tu joues toujours au hockey ?

—Ouais. On a notre premier match demain. Je me réjouis.

—Et tu m'as même pas invité à venir voir le match ?

—Euh, non. Je suis pas très bon. Je joue pas aussi bien que vous, Chris.

—Oh, Malik, t'inquiète pas. Quand est-ce que tu as commencé à jouer ?

—Il y a environ deux mois.

—On ne devient pas professionnel en deux mois.

—Dans ce cas, OK. Je vous invite tous à venir au match de demain. C'est à 18h au Centre Bell.

—Ça va être la fête, » dit Aaron. « Est-ce que tu m'invites aussi ?

—Bien sûr. Tout le monde peut venir.

—Tu vas être formidable, Malik, » dit Antoine.

« Merci Ant. »

Je dis au revoir à mes amis et quand j'arrive à la maison, je repense à ce qui s'est passé. Oui, j'étais nerveux au début. Mais après, je me suis détendu et c'était vraiment super. J'ai fait quelques erreurs, mais maintenant je sais que c'est normal. Même les musiciens professionnels font des fausses notes de temps en temps. C'est normal d'être un peu nerveux dans des situations nouvelles, et ce soir, tout était nouveau pour moi. Mais je peux dire qu'à la fin, je me suis beaucoup amusé.

J'ai hâte[50] que le prochain spectacle arrive.

---

[50] j'ai hâte : I can't wait.

Chapitre 16
Malik

Ça fait deux mois que je joue avec l'équipe de Parahockey Montréal. J'adore. J'adore le sport et j'adore les gens de l'équipe. J'ai beaucoup de nouveaux amis.

Mon équipe est vraiment intéressante. Il y a des jeunes de tous les âges, entre 8 et 21 ans. On a tous des handicaps différents mais le lien entre nous tous, c'est qu'on aime tous les sports, et qu'on est tous incapables d'utiliser nos jambes pour jouer au hockey.

Un des meilleurs joueurs de l'équipe est Sam. Il contrôle vraiment bien sa luge et ses bâtons. Je lui ai demandé un jour comment il a fait pour devenir aussi fort.

« Sam, t'es si bon en hockey. Comment est-ce que tu contrôles la luge ?

—C'est dur, hein ? Au début, c'était pas facile pour moi non plus. Alors j'ai commencé à faire de la musculation. Pour pouvoir vraiment bien jouer au hockey sur une luge, il faut avoir un torse très fort, donc j'ai travaillé mes bras et mes abdos.

—Ouais, je comprends. Je vais commencer à faire de la muscu plus régulièrement.

—Et si tu veux de l'aide pour faire un plan d'exercice, tu me dis.

—Merci. »

Depuis ce jour-là, j'ai commencé à faire davantage de musculation. J'ai utilisé ce que je trouvais dans la maison pour faire travailler mon corps. Ça m'aide beaucoup, pas seulement physiquement, mais mentalement aussi. J'apprends à développer ma force et de cette façon, mes faiblesses[51] réelles sont moins évidentes.

---

[51] faiblesses : weaknesses.

Je me suis beaucoup exercé et ce soir, c'est le premier match de notre équipe. Je suis prêt et je me réjouis.

Non. Je suis nerveux.

Non. Je me réjouis. Je me suis beaucoup préparé pour pouvoir jouer. Ce soir, ça va être super.

Alors, pourquoi est-ce que je suis nerveux ?

J'arrive au Centre Bell avec mon père. J'ai hâte de jouer, mais mon père a super hâte de me voir jouer.

« Malik, t'es prêt ? Tu vas vraiment bien t'amuser ce soir.

—Ouais papa. Je suis prêt. Mais je suis aussi un peu nerveux. J'ai envie de vomir.

—C'est normal. Quand on a pas d'expérience, on est toujours un peu nerveux la première fois. Tu vas te détendre quand tu seras sur la glace. »

On entre dans le Centre Bell et je suis sur le point d'aller sur la glace. Je vois tout de suite les amis que j'ai invités au match : Alex, Antoine, Joseph et Chris. Oh mon dieu ! Chris Wideman est là pour me voir jouer au hockey !

Super ! Ou ...

Maintenant je suis plus nerveux que jamais. J'ai vraiment envie de vomir.

Je veux pas être ici.
Je peux pas.
Je veux pas jouer.
C'est impossible.

Je m'arrête.

Il y a un autre joueur qui veut aller sur la glace.

« Allez Malik. Il faut aller sur la glace.

—Non. Je peux pas. Je peux pas le faire. »

Et là-dessus, j'utilise toutes mes forces pour changer la direction de ma luge. Il faut que je parte.

Je crie en direction d'un des aides-coachs, «
Aidez-moi s'il vous plaît. Il faut que je parte. »

Je suis complètement paralysé.

Chapitre 17
Antoine

Au Centre Bell, il est clair que Malik a un problème.

« M. Sarr, regardez Malik, » je dis.

« Qu'est-ce qui se passe ?

—Il veut pas aller sur la glace. »

Mon père et Chris s'arrêtent de parler et regardent aussi dans la direction de Malik.

M. Sarr se lève pour aller parler à son fils.

« Nicolas, je peux parler à Malik ? Je crois que je comprends le problème.

—Oui, c'est probablement préférable que tu y ailles … »

Chris se tourne alors vers moi : « Ant, allons-y.

—Moi ? Pourquoi moi ?

—Parce que tu es un grand ami de Malik et il a besoin de toi. Allons-y. »

Chris et moi marchons jusqu'à Malik. Il est près du mur et il écoute le coach.

« C'est pas grave. Tout le monde est nerveux au début.

—Je peux pas et je veux pas. Je vais pas jouer. »

Malik nous regarde. Son visage est rouge. Il a pleuré.

Chris est un gars célèbre, mais c'est aussi un gars bien. Il s'assied[52] à côté de Malik et lui parle :

« Malik, qu'est-ce qui se passe, mec ? Tu vas jouer, non ?

---

[52] s'assied : sits down.

—Je peux pas. Je veux pas et je vais pas le faire.

—Si, tu peux. Tu me dis tous les jours à l'Académie que tu joues de mieux en mieux. Alors, qu'est-ce que c'est que ce "je veux pas ..." »

Malik ne dit rien. Il ne réagit pas du tout.

À quoi est-ce qu'il pense ?

Chapitre 18
Malik

Chris me parle de nouveau :

« Quel est le problème, Malik ? »

Je crie : « J'étais bon en foot, mais je peux plus jouer au foot. Je suis pas un joueur de hockey et je suis pas bon en hockey ! »

Antoine dit : « Non, tu joues plus au foot, mais t'es toujours sportif et fort. »

Il y a un silence de quelques minutes.

« Malik, tu te souviens du spectacle d'hier soir à l'ADG ? » me demande Chris. « J'étais super nerveux.

—Pourquoi ?

—Je voulais pas jouer de la guitare devant tous ces gens.

—Mais vous avez l'habitude de jouer au hockey devant des milliers de personnes.

—Exactement. Mais j'ai pas l'habitude de jouer de la guitare devant des milliers de personnes. J'avais l'habitude de jouer de la guitare sans aucun public.

—C'est que je suis super nerveux. J'ai envie de vomir.

—Moi aussi. »

Antoine dit : « Vous voulez vomir, Chris ? Maintenant ? Pourquoi ?

— Non. Ha ha ! Pas maintenant. Mais hier soir, oui.

—Malik, Chris a raison, dès que tu commenceras à jouer, tu vas te souvenir pourquoi tu aimes le sport et tu vas voir que tu es vraiment fort. »

Chris dit : « Alors, pourquoi ne pas utiliser ta force pour aller sur la glace, parce que tu ne peux pas jouer au hockey ici. »

J'attends quelques minutes sans rien dire. Il faut que je réfléchisse.

Finalement, je dis quelque chose :

« OK, je vais jouer. Est-ce que vous pouvez m'aider avec la luge s'il vous plaît ? »

Je suis FORT. Je suis SPORTIF.

Je vais sur la glace et je commence à utiliser mes bâtons pour prendre de la vitesse. Ma nausée disparaît presque aussitôt et je m'envole[53]. La luge de Sam me dépasse et il me fait un « high five » avec son gant en me faisant un grand sourire.

Je suis toujours SPORTIF.

Je suis hockeyeur.

---

[53] je m'envole : I'm flying.

GLOSSAIRE

A

à - to, at
abdos - abs
(d')abord - first
absolument –
    absolutely
académie - academy
accident - accident
accompagne - goes
    along
accompagner - to go
    along
(d')accord - okay
accords - chords
accras - (fish)
    nuggets
accroché – hanging
    from
achetait - bought
acheté/e(s) - bought
action - action
adaptée - adapted
ado(s) - teen(s)
adore - love(s)
adorer - to love
adresse - address
affiches - posters
affrontement –
    confrontation
africains - African
Afrique - Africa
âge(s) - age(s)
ai - have

aide - help(s)
aider - to help
aides - help
aidez - help
aidé - helped
aïe - ouch
aient - have
aille - go
ailles - go
aime - like/s
aimer - to like
aimes - like
aimez - like
(avait l')air - seemed
(à l')aise –
    comfortable
ait - has
allais - went
allait - went
allant - going
aller - to go
allez - go
allô - hello (on the
    phone)
allons - go
allure - pace
allé - went
alors - so, then
ambulance –
    ambulance
amener - to bring
ami(s) - friend(s)
amusant - fun(ny)

amuse - have fun
amuser - to have fun
amusé: had fun
améliorer - to improve
ancienne - old
année(s) - year(s)
ans - years
appartement - apartment
appartient - belongs
appeler - to call
appelle - call/s
appelé - called
apprendre - to learn
apprends - learn
appris - learned
approche - come(s) close
après - after
armoire - closet
arrête - stop(s)
arrêté - stopped
arrière - back
arrive - arrive/s
arriver - to arrive
arrivé - arrived
as - have
assez - fairly, enough
assied - sits
assis - seated
assister - to attend
atmosphère - atmosphere
atteindre - to reach
attend - waits

attendait - was waiting
attendons - wait
attendrais - would wait
attendre - to wait
attends - wait
attention - attention
au(x) - to/at the
aucun/e - no, none
audio - audio
aujourd'hui - today
aura - will have
aurais - would have
auras - will have
auront - will have
aussi - also
aussitôt - right away
autant - as much/ so much
autour - around
autre(s) - other
avais - had
avait - had
avant - before
avec - with
avenue - avenue
avez - have
aviez - had
avis - opinion, mind
avoir - to have

B
balle - ball
ballon - ball
(en) bas - downstairs

bassiste - bassist
bataille - battle
bâton(s) - sticks
beaucoup - a lot, much
belle - beautiful
ben - well
(avoir) besoin - to need
bien - well
bientôt - soon
bienvenue - welcome
billets - tickets
blagues - jokes
Blainville - city located about 25 km north of Montreal
bloque - blocks
bon/ne(s) - good
bonjour - hello
bonsoir - good evening
bord - edge
bouffe - food (slang)
bouge - moves
bouger - to move
boulevard - boulevard
bout - end
Brampton - city in Ontario
bras - arms
bravo - bravo
bretzels -pretzels

brosser - to brush
brutale - brutal
bureau - office
bus - bus
but(s) - goal(s)

C
c'/ça/ce - this
ça - this/ that
calme - calm
calmement - calmly
calmez - relax
camion(s) - truck
camionnette - van
canadiens - Canadian
capable(s) - capable
carrefour - intersection
cas - case
cassé - broken
cause - cause
censé - supposed to
centre - center
certain(s) - certain
ces - these
cet/te - this
chambre - bedroom
champagne - champagne
champions - champions
(bonne) chance - (good) luck
changer - to change
changé - changed
chanson(s) - song(s)

chanter - to sing
chaque - each
(rez-de-) chaussée: ground floor
chemin - way
cherche - look/s for
chercher - to look for
chez - at/to the home of
chinoise - Chinese
chose(s) - thing(s)
chute - fall
chéri - honey, darling
ci - this
ciel - sky
cinq - five
cinquante - fifty
clair - clear
clairement - clearly
classiques - classic
clinique - clinic
coach(s) - coach(es)
coin - corner
combien - how many, much
comfortable - comfortable
commande - order(s)
commander - to order
commandé(s) - ordered
comme - like, as
commence - begin/s

commencer - to begin
commenceras - will begin
commencé - began
comment - how
commentaire - comment
communauté - community
compliment - compliment
comprends - understand
comprennent - understand
compter - to count
concert(s) - concert(s)
conduit - drives
connaître - to know
connais - know
connecte - log(s) in
connectes - log in
connexion - connection
conseiller - counselor
contacté - contacted
content - happy
continue - continue/s
continuer - to continue
contre - against

contrôle - control(s)
contrôler - to control
conversation –
  conversation
copain(s) - friend(s)
corps - body
correctement –
  correctly
correspond –
  corresponds
côté - side
(à) côté - next to
courbées - curved
courir - to run
cours - run, course
course - race
court - runs
coéquipier –
  teammate
créer - to create
crever - puncture
crie - yells
crier - to yell
cries - yell
cris - screams
croient - believe
crois - believe
cru - believed
cuisine - kitchen
célèbre - celebrates
célébrer - to
  celebrate

D
d', de, du - of, from
dame - woman

dans - in, on
davantage - more
débloque - talk
  nonsense
début - beginning
décide - decide(s)
décider - to decide
décision(s) –
  decision(s)
défenseur - defender
déjà - already
demain - tomorrow
demande - asks
demander - to ask
demanderai – will
  ask
demandé - asked
déménagé - moved
demi/e - half
dents - teeth
dépasse - passes
dépend - depends
déposé - dropped
depuis - since
dernier - last
derrière - behind
des - of, from
descend - goes down
descends - go down
désolé - sorry
dessus - upon
détails - details
détendre - to relax
détends - relax
détendu - relaxed
déteste - hate/s

deux - two
deuxième - second
devant - in front of, before
développer - to develop
devenir - to become
devient - becomes
devoir - must
devoirs - homework
devrait - should
dieu - god
difficile(s) - difficult
difficulté - difficulty
différent(s) – different
Diperie - name of an ice cream store in Montreal
dirait - would say
dire - to say
directeur - principal (m.)
direction - direction, way
directrice - principal (f.)
dis - say
discussion – discussion
discute - talk(s)
discutent - talk
discuter - to talk to
discuté - talked to
dise - say
disent - say

disparaît - disappears
disparaître - to disappear
dispute - fight
distrait - distracted
dit - says
doigts - fingers
dois - must
doit - must
dommage - too bad
donc - so
donne - give/s
donner - to give
donnerai - will give
donnez - give
donné - gave
dont - of which
dormir - to sleep
doucher - to shower
douleurs - pains
douze - twelve
dur - hard

E
échange - exchange
école - school
écoute - listen/s
écouter - to listen
écouteurs – headphones
écrire - to write
écris - write
(séries) éliminatoires – playoffs
éliminés - eliminated

106

elle - she
elles - they
email - email
embêtant - annoying
émotion - emotion
énergie - energy
énerver - to annoy
(s')empêcher - to help oneself
en – in, of which, by
enchanté - glad to meet you
encore - still, even
encouragements – encouragements
endroits - places
enfants - children
enfin - finally
engage - starts
(je m')ennuie - I'm bored
ensemble - together
entend - hears
entendais – was hearing
entendre - to hear
entends - hear
entendu - heard
enthousiasme – enthusiasm
enthousiaste – enthusiastic
entière - entire
entraînement – practice
entraînent - practice

entre - between
entrer - to enter
entrons - enter
entré/e - entered
envers - towards
(j'ai) - I feel like
environ - about
envole - fly
équipe - team
erreurs - errors
es - are
escalier - stairs
espère - hope
essaye - try
essayer - to try
essayé - tried
est - is
et - and
établir - to establish
étaient - were
étais - were
était - was
étiez - were
étoiles - stars
études - studies
étudier - to study
été - summer
êtes - are
eu - had
eue - had
euh - hum
eux - them
évidemment – obviously
évident(es) - evident
exactement - exactly

examen - test
excellent/e(s) -
    excellent
excuses - excuses
excusez - excuse
exerce - practice
exercer - to practice
exerces - practice
exercice(s) -
    exercise(s)
exercé - practiced
explication -
    explanation
explique - explain/s
expliquer - to
    explain
explosion - explosion
expérience -
    experience
extrêmement -
    extremely
extrémité -
    extremity

F
fa - fa (note)
facile - easy
faiblesses -
    weaknesses
failli - almost (did
    something)
faire - to do, make
fais - do, make
faisais - did
faisait - did
faisant - doing

fait - does, makes
faits - facts
famille - family
fan - fan
fantastique -
    fantastic
fascinant -
    fascinating
fasse - do
fausses - false
faut - (it's) necessary
fautes - mistakes
fauteuil - chair
fauteuils - chairs
FC - abbreviation for
    "Football Club
ferai -will do
(jours) fériés -
    holidays
fermant - closing
ferme - close
(s'en) fiche - don't
    care
FIFA - governing
    body of inter-
    national football
    (soccer)
file - hurry
filet - net
filles - girls
film - film
fils - son
fin - end
finalement - finally
fini - finished
finir - to finish

finis - finish
finisse - finish
finit - finishes
fois - time, instance
fonçait – were speeding
foncer - to speed
font - do, make
foot - football, soccer
football - football, soccer
force(s) - strength
forme - shape
formidable - great
fort/e(s) - strong
Fortnite - popular videogame
fou - crazy
foule - crowd
frère - brother
franchement – frankly
francophone – French-speaking
frappe - knocks
frigo - refrigerator
fromage - cheese
frustrant – frustrating
frustre - frustrates
frustré - frustrated
fun - fun
(au) fur (et à mesure) - as
futur - future

furieux - furious

G
gagne - win
gagné - won
gant - glove
garçon - boy
gars - guy(s)
garage - garage
garde - keep(s)
gardien - keeper
gauche - left
généralement – generally
génie - genius
gens - people
gentil - kind
glace(s) - ice cream
goûté - tasted
goûter - to taste, a snack
gourmand – who loves to eat
grand/e - tall
grave - serious
groupe(s) - group(s)
guitare - guitar
guitariste - guitarist
gymnase - gym

H
ha - ha
habitait - was living
habite - live/s
habites - live

habitude - habit
handicap(s) -
    handicap(s)
handicapé -
    handicapped
hé - hey
hein - huh
heure(s) - hour(s)
heureux - happy
heurte - hits
hier - yesterday
histoire - history
hockey - hockey
hockeyeur - hockey
    player
homme - man
honnêteté - honesty
horrible(a) - horrible
huit - eight
hum - hum
humour - humor
hurle - screams

I
ici - here
idéal - ideal
idée - idea
il - he
ils - they (m.)
imaginables -
    imaginable
imagine - imagine/s
imaginer - to imagine
immense - immense
immédiatement -
    immediately

impertinent -
    impertinent, sassy
importance -
    importance
important(s) -
    important
impossible -
    impossible
incapables -
    incapable
incroyable -
    incredible
indiqué - indicated
indépendant -
    independent
infirmière - nurse
informations -
    information
inquiète - worried
instant(s) - instant(s)
instrument -
    instrument
intelligent -
    intelligent
internet - internet
intérêts - interests
intéressais -
    interested
intéressant -
    interesting
intéressante -
    interesting
intéresse - interest
inventer - to invent
invite - invite
inviter - to invite

invites - invite
invité(s) - invited
ironiquement –
  ironically

J
j'/je - I
jamais - never
jambes - legs
jeu - game
jeune(s) - young
jeux - games
job - job
joie - joy
jouais - was playing
jouait - was playing
joue - play(s)
jouent - play
jouer - to play
jouerai - will play
joues - play
joueur(s) - player(s)
jouez - play
jouons - play
jour(s) - day(s)
joué - played
joyeusement –
  happily
jusqu'à - until
juste - only

K
kilomètre –
  kilometer

L
l'/la/le - the
laisse - leave, let
lancer - to throw
langue - language
leçon(s) - lesson(s)
lecture - reading
les - the
lettres - letters
leur(s) - their
liberté - freedom
libre - free
lien(s) - link(s)
(a) lieu - takes place
ligue - league
lire - to read
lisez - read
livres - books
local - local
loin - far
lourd - heavy (m.)
lourde - heavy (f.)
lu - read
luge(s) - sled(s)
lui - him
lumières - lights

M
m'/me - me
ma - my
madame - Mrs.
Madrid - capital city
  of Spain
main - hand
maintenant - now

mais - but
maison(s) - house(s)
mal - badly
malins - clever
malpoli - impolite, rude
maman - mom
mange - eat/s
manger - to eat
manges - eat
manque - misses
marchand de glaces ice cream stand
marche - walk(s)
marchent - walk
marcher - to walk
marchons - walk
marque - score(s)
marqué - scored
match(s) - game(s)
maths - math
matin - morning
mauvaise(s) - bad
me - me, myself
mec - dude
méchamment – meanly
médecin - doctor
meilleur/e(s) – better
mentalement – mentally
mentionne – mentions
mentionné/e – mentioned

merci - thank you
mes - my
message - message
(au fur et à) mesure as
met - puts
mets - put
mette - put
mettent - put
mettre - to put
midi - afternoon
mieux - better
milliers - thousands
minute(s) - minute(s)
Mme - abbreviation for "madame"
moi - me
moins - less
mois - month
moment - moment
mon - my
monde - world
monsieur - mister, sir
monte - ride/s
monter - to ride
montre - show/s
montrer - to show
Montréal - city in Quebec, Canada
moques - make fun of
morale - speech
morceau(x) - tune(s)
morue - cod

motivation - motivation
motivé - motivated
mots - words
mur - wall
muscu - abbreviation of "musculation", lifting weights
musculation - lifting weights
musiciens - musicians
musique - music

N

n'/ne - not
national - national
naturel - natural
nausée - nauseated
nerveux - nervous
neuf - nine
ni - neither, nor
non/noooooooooon - no
normal - normal
normalement - normally
nos - our
note(s) - note(s)
notre - our
nourriture - food
nous - we
nouveau(x) - new
nouvel/le(s) - new
numéro - number

O

occasion(s) - occasion(s)
œil - eye
officiellement - officially
on - we
oncle - uncle
ont - have
orchestre - orchestra
ou - or
où - where
ouah - wow
ouais - yeah
oublie - forget
ouest - west
oui - yes
ouvre - open/s
ouvrir - to open

P

paf - clonk
palettes - blades
paniqué - panicked
papa - dad
par - with, by
parahockey - paralympic version of ice hockey
paralympique - paralympic
paralysé - paralysed
parc - park
parce(que) - because

parents - parents
paresseux - lazy
parfait/e - perfect
parfaitement -
    perfectly
parlait - was
    speaking
parle - speak/s
parlent - speak
parler - to speak
parlera - will speak
parles - speak
parlé - spoke
part - leaves
parte - leaves
parti - left
participe -
    participates
participer - to
    participate
participera - will
    participate
partie(s) - part(s)
partir - to leave
pas - not
passait - was passing
    by
passe - pass(es)
passer - to pass
passes - pass
passé - passed, past,
    happened
passée - happened
pastels - small, flat
    doughnuts filled
    with fish & spices

pâtés (de maison) -
    block(s)
patient - patient
patinent - skate
patiner - to skate
peine - difficulty
(à) peine - barely
pendant - during
pénible - a pain in
    the neck
pense - think/s
penser - to think
penses - think
pensé - thought
pepperoni -
    pepperoni
perdre - to lose
perdu - lost
perfection -
    perfection
période - period
permanente -
    permanent
permet - allows
permettent - allow
permis - allowed
permission -
    permission
perplexe - confused
personne(s) -
    person(s)
perte - loss
petit/e - small
peu - a little
peut - can
peuvent - can

peux - can
phrase(s) – sentence(s)
physiquement - physically
phénoménal/e - phenomenal
pied - foot
pieds - feet
pire - worse, worst
pizza - pizza
pizzeria - pizzeria
place - seat
plaindre - complain
plaire - to like
plaisantant - joking
plaît - please
plan - plan
plat/s – dish(es)
plein - full
pleuré - cried
plupart - most
plus - more
poids - weights
poignet - wrist
point - point
pointe - spike
portable - cell phone
porte - door
porter - to carry
pose - ask
posé - asked
poteau - post
poulet - chicken
pour - for
pourquoi - why

pourrais - could
pousse - push
pousses - push
pouvais - could
pouvez - can
pouvoir - to be able
pouvons - can
préférable - preferable
premier - first
première - first
prend - takes
prendre - to take
prends - take
prennent - take
presque - almost
pression - pressure
pressé - in a hurry
principale - main
principalement - mainly
prison - prison
pro - professional
probablement - probably
problème - problem
prochain/e - next
produire - to produce
prof - teacher
professionnel(s) – professional(s)
progresser - to progress
prudent - careful
précise - specific

précédente - prior
préfère - prefer(s)
préféré/e(s) –
favorite
prépare - prepare(s)
préparent - prepare
préparer - to
prepare
préparé - prepared
présente -
present(s),
introduce(s)
présenter - to
present
présenterai – will
present
prévu - planned
pu - could
public - audience
puis - then
puissant - powerful
puisse - can
puissent - can

Q

qu' - what
quand - when
quarante - forty
quartier -
neighborhood
quatorze - fourteen
quatre - four
que - that, than
quel - what
quelqu - some
quelque - some

quelquefois –
sometimes
quelques - some
question(s) –
question(s)
qui - who
quinze - fifteen
quitte - leaves
quoi - what

R

raconte - tells
raison - reason
ralenti - slow motion
rampe - ramp
rapide - fast
rapidement - quickly
rappelle - reminds,
calls back
rapports -
relationship
réagit - reacts
réalisais - realized
réalise - realizes
récemment -
recently
recommencer - to
start over
reconnais - recognize
réelles - real
refaire - tp redo
réfléchisse - think of
regarde - watch/es
regardent - watch
regarder - to watch
regardez - watch

règle(s) - rule(s)
régulièrement – regularly
réjouir - to look forward
réjouis - look forward
remarque - notices
remarquent - notice
remercie - thank
remettre - to put back
remonte - goes back up
rencontré - met
rend - gives back
rentre - return
rentré - returned
repense - think back
répond - responds
répondant – responding
répondent - respond
répondre – to respond
réponds - respond
réponse - answer
répétition – repetition
résoudre - to solve
ressemblent – resemble
restants - remaining
restaurant(s) – restaurant(s)
retard - late

retour - return
retourne - turn around
revoir - see again
rez (de chaussée) – ground floor
riche - rich
rien - nothing
rock n' roll - rock music
rondelle - puck
rouge - red
roulant - rolling
roulants - rolling
roule - roll
route - way
rues - streets
rythme - rhythm

S

sa - his, her
sage - wise
sais - am
saison - season
sait - knows
salle - room
salue - greet
salut - hi
sans - without
sauf - except
sauter - to jump
savent - know
savez - know
savoir - to know
scène - scene
se - self

séance - session
secret - secret
semaine - week(s)
semble - seems
semi - half
sénégalais/e - Senegalese
sens - feel, sense
sentiment - sentiment
séparés - separated
sera - will be
serai - will be
serait - would be
seras - will be
série - series
séries éliminatoires playoffs
sérieusement - seriously
sérieux - serious
serre - shakes
ses - their
seul - alone
seulement - only
si - if
sienne - his
silence - silence
simplement - simply
site - site
situation(s) - situation(s)
six - six
soir - evening
sois - be

soit - be
(sous-)sol - basement
solo - solo
sommes - are
son - his, her
sonne - sounds, rings
sons - sounds
sont - are
sors - go out
sort - gets out
sortes - sorts
soucis - worries
soudain - suddenly
souffre - suffers
souper - dinner
souriant - smiling
sourire - to smile
souris - smile
sourit - smile
sous - under
soutenu - supported
soutien - support
souvenez - remember
souvenir - to remember
souviens - remember
soyez - be
spectacle(s) - show(s)
sport(s) - sport(s)
sportif(s) - athletic
stupide - stupid
suggère - suggest
suggérer - to suggest
suis - am

(tout de) suite - right away
suivants - following
suivent - follow
(au) sujet (de) - about
sujet(s) - topic(s)
super - super
suppliant - pleading
sur - on
sûrement - surely
surprend - surprise
surpris - surprised
surprise - surprise
surtout - especially

T

ta - your
talent - talent
talentueux - talented
tant - so much
taper - to tap
tard - late
tas - many
te - yourself
tee-shirt - T-shirt
téléphone(s) - call(s)
téléphoné - called
télévendeur - telemarketer
tellement - so much
temporaire - temporary
temps - time
tension - tension

tenu - held
termine - finishes
terrain - field
terriblement - terribly
teté - TV
texto - text
tiens (bon) - hang in there
tient - holds
timidement - timidly
tirer - to pull
toi - you
tombe - fall/s
tomber - to fall
tombé(s) - fell
ton - your
tordent - twist
torse - torso
total - total
toujours - always
tourne - turns
tournoi - tournament
tous - all
tout/e(s) - all
tradition - tradition
(être) en train de - to be in the middle of
transpirais - was seating
transpire - sweats
transpirer - to sweat
transpires - sweat
travailler - to work
travaillé - worked

treize - thirteen
très - very
trimestres – trimesters
triste - sad
tristesse - sadness
trois - three
trop - too much
trottoir - sidewalk
trouvais - found
trouve - find
trouver - to find
trucs - things (slang)
tu - you
typique(s) - typical

U

un/e - a, an
utilise - use/s
utilisent - use
utiliser - to use
utilisé - used

V

va - goes
vais - go
vas - go
veniez - come
venir - to come
venu/e(s) - came
verra - will see
verrez - will see
vers - towards
veut - wants
veux - want

vidéo(s) - videos
vie - life
viendra - will come
viennes - come
viens - come
ville - city, town
vingt - twenty
visage(s) - face(s)
visiter - to visit
vite - quickly
vitesse - speed
vive - long live
voilà - there is
voir - to see
vois - see
voiture(s) - car(s)
voix - voice
vomir - to vomit
vont - go
votre - your
voudrais - would want
voulais - wanted
voulait - wanted
voulez - want
vous - you
voyez - see
vrai - true
vraiment - truly
vu - saw

W

week-end - weekend

Y

y - there
yassa du poulet -
  smoky grilled
  chicken with
  caramelized onions
  and rice
yeux - eyes

Z

zut ! - darn!

ABOUT THE AUTHOR

Jennifer Degenhardt taught high school Spanish for over 20 years and now teaches at the college level. At the time she realized her own high school students, many of whom had learning challenges, acquired language best through stories, so she began to write ones that she thought would appeal to them. She has been writing ever since.

Other titles by Jen Degenhardt:

La chica nueva | La Nouvelle Fille | The New Girl | Das Neue Mädchen | La nuova ragazza
La chica nueva (the ancillary/workbook volume, Kindle book, audiobook)
Salida 8 | *Sortie no. 8*
Chuchotenango | *La terre des chiens errants* | La viti dei cani
Pesas | *Poids et haltères*
Luis, un soñador
Pour l'amour de la famille
El jersey | The Jersey | *Le Maillot*
La mochila | The Backpack | *Le sac à dos*

Moviendo montañas | *Déplacer les montagnes* | <u>Moving Mountains</u>
La vida es complicada | *La vie est compliquée*
La vida es complicada Practice & Questions (workbook)
El Mundial | *La Coupe du Monde*
Quince | <u>Fifteen</u>
Quince Practice & Questions (workbook)
El viaje difícil | *Un Voyage Difficile* | <u>A Difficult Journey</u>
La niñera
Era una chica nueva
Levantando pesas: un cuento en el pasado
Se movieron las montañas
Fue un viaje difícil
¿Qué pasó con el jersey?
Cuando se perdió la mochila
Con (un poco de) ayuda de mis amigos | <u>With (a little) Help from My Friends</u>
La última prueba | <u>The Last Test</u>
Los tres amigos | <u>Three Friends</u> | *Drei Freunde* | *Les Trois Amis*
La evolución musical
María María: un cuento de un huracán | <u>María María: A Story of a Storm</u> | Maria Maria: un histoire d'un orage
Debido a la tormenta
La lucha de la vida | <u>The Fight of His Life</u>
Secretos
Como vuela la pelota
Cambios | *Changements* | <u>Changes</u>
El pueblo

 @JenniferDegenh1

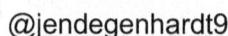 <u>@jendegenhardt9</u>

 @PuentesLanguage &

World LanguageTeaching Stories (group)

Visit www.puenteslanguage.com to sign up to receive
information on new releases and other events.

Check out all titles as ebooks with audio on
www.digilangua.co.

ABOUT THE TRANSLATOR

Françoise "Swaz" Piron was born and raised in Geneva, Switzerland, the daughter of a French mother and a Belgian father. She taught French (and German) at South Jefferson CSD for 35 years and retired in June 2021. She is a member of several world language teacher organizations, including ACTFL, NYSAFLT and AATF. She was a regular item writer and consultant at the NYS Education Department for the two French state exams for over 20 years. Swaz has presented numerous workshops at the local, state and national levels. She is the recipient of several NYSAFLT awards, was named "Chevalier dans L'Ordre des Palmes Académiques" by the French Ministry of Education and is the co-author of the book *"World Class, the Re-education of America"*. When she is not proofreading or translating readers, she can be found doing outdoor activities, reading or working as a server in a local restaurant.

ABOUT THE EDITOR

Nicole Piron is the translator's mother. She was born in Paris and spent her youth in the Bordeaux area. She has a degree in political science and English from la Sorbonne (Paris University) and was a translator for the United Nations in New York, where she worked for a few years. Nicole has always been active in her community, in local politics as a member of the "conseil communal" of the village of Coppet, Switzerland, as well as in the Catholic church of the town where she currently resides, Gland, Switzerland. When she is not helping her daughter proofread readers, she can be found reading, going to cultural events and visiting with her network of friends.

ABOUT THE BOOK COVER ARTIST

L-Moment, based in the United States, is an artist who loves sleeping, reading young adult novels, and making art. Since she was born, her passion for drawing has only been growing. Her primary materials are an iPad Pro and an Apple Pencil, but she'll never disagree with using a pencil. Her dream is to write and illustrate picture books for all ages. L-Moment is the illustrator's pseudonym meaning Lovely Moment.

https://www.instagram.com/l_officialmoment/
@L_officialmoment